भाषाओं
के
समुद्र में

भाषाओं के समुद्र में

सुधीर मोता

Sarvatra
An imprint of Manjul Publishing House

Sarvatra
An imprint of Manjul Publishing House
◆ द्वितीय तल, उषा प्रीत कॉम्प्लेक्स,
42 मालवीय नगर, भोपाल-462 003
◆ 7 / 32, अंसारी रोड, दरियागंज, नई दिल्ली-110 002
वेबसाइट : www.manjulindia.com

यह संस्करण 2019 में पहली बार प्रकाशित

भाषाओं के समुद्र में

ISBN 978-93-89143-92-8

मुद्रण व जिल्दसाज़ी : मणीपाल टेक्नोलॉजीज़ लिमिटेड, मणीपाल

मैं भाषाओं के लिये
और जीना चाहता हूं

अनुक्रम

उलट प्रवाह

बिलकुल तुम दोनों पर गये हैं
तुम्हारे बच्चे

लोग कहते
और हम
सर्जक होने के सुख से
सराबोर हो जाते

आंख नाक होंठ
ठोड़ी माथा
इस तरह गोया
सारे चेहरे का मिलान करते

फिर बड़े होते होते
चाल ढाल और आदतों से

आज चकित हूं
पत्नी की बात पर

कहती है
तुम बिलकुल बच्चों की तरह
होते जा रहे हो

छोटे वाले की तरह
जल्दी नाराज़ हो जाते हो
बड़े की तरह
लापरवाह हो गए हो

सिनेमा में
पड़ोस की सीट वाले से
पूछते हो
कितनी देर हो गई शुरू हुए

टीवी पर सास बहू के सीरियल
और समाचार छोड़
गाने
या मसखरों की हरकतें देखते हो

मैं ताज्जुब करता हूं
गुणसूत्रों के रसायन का
यह उलट प्रवाह है

पिता का बच्चों पर जाना
या जीवन की
उत्तर गाथा का शुरू होना है
बचपन का लौट आना।

नाम 1

कोई कुछ भी कहे
कि नाम में क्या रखा है
नाम से पुकारे जाने की बात ही कुछ और है

बहुत अच्छा है यह
हम उस दौर में हैं जब
पति को सीधे नाम से पुकारती है पत्नी
एजी सुनिये या ये वो से नहीं
पुकारती या उल्लेख करती औरतें
या सुनती हो कह कर नहीं पुकारते पति

उन दिनों की बात जब परसराम की पत्नी
पर्स नहीं बटुआ कहती थी
क्योंकि वे परसराम की पत्नी थीं
उनके लिये तो और भी मुश्किल जिनके
पति का नाम भगवान के नाम पर हो
जाप भी करें तो मन ही मन
झाबुआ जिले से आये मजदूर

जिन्हें हम मामा कहते आए
अपनी पत्नी का नाम नहीं लेते थे
मजदूरी देते समय पूछो
तो चेहरे पर स्त्रियोचित लज्जा दौड़ जाया करती थी
उनके चेहरे पर
दूर खड़ी मामी
पल्लू मुंह में ठूंसे हंसा करती थी

उम्र के इस दौर में
प्रथम नाम से पुकारे जाने पर
और भी अच्छा लगता है
कौतुक करते हैं मित्र
जब कोई पुरानी मित्र
प्रथम नाम से आवाज़ दे कर रोकती है

यह ग़ौर करने और अपने आप से
पूछने की बात है
ज़माना बदलता है, दुनिया बदलती है
या उम्र से बदलते हैं हम

क्या बात हुई कि जो हमें आज तक पता न थी बात
जो हम बच्चों ने कभी न जानी

उम्र का असर है यह
या गिरती सेहत का दिमाग़ पर
अस्सी पार के पिता
मां को नाम से पुकारते हैं बार बार
वह भी उसे लाड़ से छोटा करके

यह साबित हुआ
कि प्रेम और उसकी अभिव्यक्ति
कभी भी चीर कर आ सकते हैं
सात पर्तों से बाहर
कभी मात्र पुकारे जाने के ढंग
की शक्ल में ही।

पिता का हठ बिलकुल भी वृद्ध नहीं
इतना शक्तिशाली कि अधेड़ बच्चों को हरा दे
पिता की मां बनी बहू बेटियां
किसी तरह फुसलाते हुए एक दो कौर खिलाने के बाद
हंसकर पराजय स्वीकार कर लेती हैं
थोड़ी देर के विराम के लिये

स्वयं पराजय स्वीकार कर चुके पिता से
नित्य लौटता है काल परास्त होकर
अगले दिन फिर शुरू होता है
उसका मुष्टिका प्रहार

पिता के लिये इतना धीमा हो चुका है
समय
कि बार बार पूछते हैं
हाथ में अब भी पहनते हैं घड़ी
कोई न हो पास
तो खुद ही देख लेते हैं
पिता को पता है कि नहीं
बेटे स्वयं पहन चुके हैं वह बाना
जहां बीच राह से आगे और पीछे

दोनों ओर देखना होता है
प्रतीक्षा और अधैर्य दोनों से सामना होता है

पिता और बेटे की दोहरी भूमिका
निभा रहे पात्रों से अलग
मात्र पिता रह गए पिता
इस छिलक छाईं के खेल को
अच्छी तरह समझते हैं

कौन छक रहा है
कौन छका रहा
पता नहीं

पिता प्रतीक्षा कर रहे हैं।

पिता 2

पिता बड़े हो रहे हैं
आज उन्होंने थोड़ा-सा अन्न लिया
आज उन्होंने कुछ शब्द स्पष्ट उच्चारे

चहक कर बताता है पूरा परिवार
एक दूसरे को
पिता ने आज यह किया
आज वह किया

कभी पिता नींद में मुस्काते दिखाई देते हैं
जैसे शिशु मुखमुद्रा बदलते हैं
बड़ों ने बताया था
शिशु पूर्वजन्म की स्मृतियों की
फ़िल्म से गुज़र रहे होते हैं
और दृश्यों के अनुसार
हंसते रोते चकित होते हैं
लगता है पिता
इसी जन्म की स्मृतियों से

गुज़र रहे हैं
पिता लोग अपने बच्चों के
विकास पर जो करते हैं
मात्र पिता वे अनुभव करा रहे हैं
अपने बच्चों को

इस गाथा में सब कुछ वैसा ही है

सिवा
भीतर सिहरते भय के
जो धोखे की तरह
कभी भी एक अनिवार्य सच में
बदल सकता है।

अतिरिक्त

व्यर्थ व्यर्थ
कुछ अतिरिक्त के बिना
जो भी है
सब व्यर्थ

यह एक पूरक है
जो कमी को पाटता है
और पूरा भी यही स्वयं

एक अतिरिक्त योग्यता के बिना
अकेले शून्य की तरह है हर कोई
बिना नज़र में आये परित्यक्त खड़े जीव की तरह

सबको पहले नमस्कार करता है वह
घिघियाये पीछे खड़ा ताकता है
शायद किसी की नज़र पड़े उस पर
तो और नमस्कार कर सके

समूहों में खड़े लोग
अपनेपन की वृष्टि कर रहे होते हैं
अतिरिक्तता की शाल ओढ़े
हर नये का स्वागत है

विशेष अतिरिक्त वाले का
अभिनंदन समारोह होता है
अतिरिक्त वाले अपनों को
सादर अर्पित करता है
चीन्ह चीन्ह कर अभिनंदन ग्रंथ
गर्व से बताते हुए
कैसे सहेजी सब सामग्री
इस दिन के लिये
और आज अपनों को अर्पित
अतिरिक्त लाड़ दुलार से

बिना अतिरिक्त वाला हंसता है
मन ही मन

जो उन चित्रों और लेखों में हैं स्वयं
वे ही देख सकेंगे वे चिकने पृष्ठ
अपने में मुदित होते हुए

लखटकिया समारोह के बाद
एक भी अतिरिक्त न पा सकेगा
उसका परिचय
उसका रचा लिखा किया
सूत भर भी बाहर न जा सकेगा
उस घेरे के

नहीं है जिन के पास
जन के सिवा धन
कला के सिवा कला कोई और
पद दालित्य के सिवा पद
उनके भीतर प्रवेश करती है
अतिरिक्त वालों की अवहेलना
किसी मासूम पुस्ताक में
दीमक की तरह

एक नश्तर की तरह
खरोंचता है
भीतर ही भीतर
जाने अजाने हुए अपमानों का चाकू

घर लौटते ही
अचूक औषध के फाहे को तैयार लिये
बांहें पसारे
बेटियों की तरह स्वागत करती हैं
कवितायें

बिना अतिरिक्त वालों का
यह अतिरिक्त सुख।

बचत

बचत के अपने नुस्खों पर सदा गर्व किया हमने

ढलान पर स्कूटर लुढ़काते ले गये
टेलीफ़ोन की नित नई स्कीमें बदलते गये
रविवार को पत्नी को बहाने से घुमाने नहीं ले गये
बच्चों से कहा बेटा ये पतलून ठीक नहीं
हम तुम्हें फिर कभी इससे भी अच्छी दिलवा देंगे

फिर हमने देखा
दोस्त कुछ कम होते जा रहे हैं
अपना रुतबा भी पहले जैसा नहीं
तब हमें खटका हुआ
ख़र्च कम करने की जगह
कुछ पैसा अधिक कमाने की जुगत लगाते तो ठीक था

मगर तब तक जवानी की पूंजी
ख़त्म पर आ गई थी

और हमने देखा तेल, सोने और रुपये का भाव बढ़ता जा रहा है
तेल कंपनी वाले सरकार के गले में बांह डाले घूम रहे हैं
वायदा बाज़ार सरकार में बैठे हमारे नुमाइंदे
चला रहे हैं
सुबह उठकर अख़बार में
हर चीज़ का दाम बढ़ा हुआ मिलता है

और आज यह कैसा दिन
पत्नी को आज ही आइसक्रीम
बच्चों को नया फ़ोन
और मुझे लगता है
मैं इतना क्रूर और अन्यायी नहीं हो सकता

और आज ही वह ढलान वाला रास्ता
महान व्यक्तियों के आगमन के कारण
बंद है
रेलवे फाटक पर चक्का जाम
आज ही सांसदों को मिले करोड़ों रुपये

हतभागी मैं
पांच रुपये का तेल नहीं बचा सकता?

सितार

सितार बजाता हूं और शर्माता हूं
कोई सुन न ले
तारों की झंकारों से
मेरे मन में क्या घुमड़ता है
जान न ले ये दुनिया

मेरे विलंबित से पता चले
कहां ठहरा हूं
मींड कहीं कह न दे कहां ठिठका हूं
गत में छुपा है विगत मेरा
कहीं उजागर न हो जाये दुर्गत अपनी

जोड़ में टांके हैं रफू कर के
अपने टूटने जुड़ने के लम्हे
तानें लेता हूं तनता हूं
घमंड करता हूं
मैं क़ाबिल हुआ ज़माने के तानों के
अनाहत रहा दा से दिर से और दारा से

बड़ी तैयारी और रियाज़ से
आता है ये सब
लेना आलाप और पहुंचना द्रुत तक
ऐसा झाला बजे
चेहरे पे न हो मेहनत की शिकन

वर्जित से बचते हुए जब पहुंचूं सम तक
पूछे न कोई
वादी संवादी

इतना करते हो
शर्माते क्यों हो
सितार बजाते हो
तो छिपाते क्यों हो।

शोक सभा

बारी बारी से उठते हैं लोग
उसका गुणानुवाद करने के लिये
अपनी जगह से लोगों की ओर उन्मुख होने के लिये
बोझिल क़दमों से चलते हुए
जैसे उसके चले जाने की व्यथा ने
उसकी सारी शक्ति छीन ली है

हमारे बीच से एक स्पष्टवादी संघर्षशील
सहृदय मददगार संस्कारवान
जीवंत इंसान चला गया है
एक शून्य बन गया है
जिसे भरा नहीं जा सकता
एक जगह ख़ाली हो गई है
मुश्किल है वहां कोई आ सके

इसे उठावना कहते हैं, कहीं तीसरा
तो कहीं तेरहवीं
कहीं शोक निवारण

और आजकल साफ़ साफ़ शोकसभा भी
सफ़ेद चादरों पर सन्नाटा पसरा है
उस तसवीर में से निकल नहीं पाता वह
तसवीर बन जाने के बाद कोई भी महान बन जाता है
इतना महान और विनयी
कि चुपचाप सुनता है
और वहां बैठे हर एक पर बिना उठे
टिप्पणी करता है

तर्जनी से हर एक की ओर इशारा करता है
एक एक कर
क्रमशः गिनाता है सभी के गुण
उसके जीवन में हर एक की भूमिका
मुखर होकर बोलता है वह स्वयं से
अपनी मृत्यु पर पछताता है
सबसे ज्यादा शोक संतप्त और
व्यथित हो जाता है स्वयं ही

इतना ही अच्छा था मैं
और ये लोग यही सोचते थे मेरे बारे में
तो क्यों असमय घुटा मेरी कामनाओं का दम
अब मैं इस तसवीर वाले जीवन में आ गया हूं

तो सुनो
जल्द बंद करो यह नाटक
क्या जानते थे तुम मुझे
इतना भी नहीं
कि भागता था मैं अगरबत्तियों से
और मरा दम घुटने से।

वह दिन

जिस तरह शुरू हुआ
उसी तर्ज़ पर ख़त्म
वह दिन

यह एक अजीब सा संयोगों वाला विज्ञान है
कभी आप सुबह किसी रार तकरार से करते हैं
दिन की शुरुआत
रात बिस्तर पर जाने तक झगड़ते हैं
कोई नहीं होता तो अपने आप से
कभी अख़बार में कोई रंगीनी देखकर
दिन भर गुदगुदाने वाली उमंग से सराबोर रहते हैं

इसी तरह हुआ उस दिन
सुबह सुबह घर आ पहुंची वह बेहद बातूनी औरत
दिन भर अलग अलग शक्लों में मिलती रही

एक अनिश्चित दिहाड़ी वाले क़लमसाज़ को
अक्सर श्रेष्ठ लगती हैं अपनी

हड़बड़ी में टांकी गईं पंक्तियां
बेहद आराम से सप्रयास लिखे गये पृष्ठों से
फिर उसे क्यों लुभा जाती हैं फुरसती
अजस्र प्रवाह वाली बातूनी औरतें
वे इतने विस्तार में जाती हैं हर बात में
कि यह जानने को मन करता है
कि क्या वे हर बात में इतना विस्तार पसंद करती हैं
कि क्या उन्हें ऐसा ही संगी मिल पाया होगा
कि जिसके पास हर सुख के सूक्ष्म को
विस्तृत ताड़ पाने का स्थूल धैर्य हो
और दुख के भी

उन्हें पता नहीं होगा इतनी सारी बातों से और भड़क उठती हैं जिज्ञासायें

उन्हें पता नहीं होता वे एक पुरुष के भीतर छिपी हुई स्त्री को जगा रही हैं
या पुरुष के उजागर स्त्रीत्व में से नये पौरुष को नींद से उठा रही हैं
वे शायद इतना ही जानती हैं
कि विवरणों में जाना दूर तक
किसी मुद्दे को अतिरिक्त सम्मान देना है

बातूनी औरतें इस तरह समय की फ़िजूलख़र्ची करते हुए
स्वयं को साफ़ बचा ले जाती हैं अकेले सोच में डूब क्षरित होने से
वे मात्र नन्ही बदली की तरह घुमड़ कर चली नहीं जाती हैं
हर क्यारी पर विपुल मेह बरसा जाती हैं

बेहद बातूनी, कुछ बातूनी, कम बातूनी
और शेष मात्र सुनने वाली औरतों की इस दुनिया में
हर पल कुछ न कुछ कहा जा रहा है
दिन भर इन बातों में भीजने के बाद
एक पुरुष सोचता है
यह एक और दिन ख़र्च हुआ
या जमा हो गया उम्र के खाते में
एक दिन
याद रखे जाने के क़ाबिल।

अंतिम ध्वजा

मुख्य मार्ग का अवरुद्ध होना
या मात्र एक संयोग
ले आया बरसों बाद उस कुम्हार गली में
सहसा याद हो आये वे बचपन के खेल
छुपन छुपैया खेलते दौड़ते भागते चले आते थे
पुराने सब्ज़ी बाज़ार से होते हुए इन गलियों में
कच्चे घड़ों की पांतों के नीचे से निकलते धुएं के बीच से
सीधे आर पार आरा मशीनों के ठीक सामने
कुछ देर एक खेल को दूसरे में तब्दील करते हुए खेलते
फिर लौटते थे उसी राह, रुक जाते थे
वह तेज़ घूमता हुआ चाक देखने
दो हाथ कच्ची मिट्टी को आकार दे रहे होते थे

वह अचंभों का जीवन था, जीवन अचंभा नहीं था
हर नई बात ताज्जुब होती थी
हर विस्मय किसी पुरानी बात की तरह अपना लगता था
वे फुरसतों के दिन थे
वे मात्र पैदल चलने के दिन थे

वे बटन दबाकर बात करने के दिन नहीं थे
फिर भी वे कभी भी दौड़कर किसी के भी पास पहुंचकर
रूबरू घंटों बात कर लेने के दिन थे
वे इकन्नी की आस वाले दिन थे
इकन्नी में बसर हो जाने वाले दिन सप्ताह महीने थे वे

अपने समय और अपने दिनों वाला शहर था वह
जब गांव और शहर में फ़र्क़ बित्ते भर का ही था
कच्ची मिट्टी की सरहद थी वह
चुपचाप कब दीमकों का हमला हुआ
पहले बेहद धीमे और फिर लगातार
घुसता चला आया परिवर्तन का आक्रामक दौर

सब बेख़बर थे किस को पता चला
दिन महीने साल सब बदलते चले गये
हम नये आकार में ढलते चले गये
आज ट्रैफ़िक जाम में जब निकलना पड़ा उन्हीं गलियों से
तो भौंचक्कापन क्यों है

पतली गलियों के बीच सहसा आ जाते वे मैदान कहां हैं
कहां हैं गीली मिट्टी के ढेर
अरे कहां वे कच्चे मटकों की पांतें

हमारे ठीक सामने घट रही हैं घटनायें
जो दिखते हुए भी अदृश्य हैं
इतिहास इन्हें लिपिबद्ध कर सके
यह भी मुमकिन नहीं लगता
हमारे नथुनों में समाते इस धुएं को कोई पकड़ सके
ऐसा नहीं लगता

यह हमारा नर्क है
हमारा जाल
जो हमने ही बुना है

हमारा जीवन है यह
अपनी मौत के लिये यह धीमा ज़हर
हमने ही चुना है।

प्रजातंत्र का यही तो मज़ा है

एक नये साम्राज्यवाद का उदय है यह
कैसा भाग्यशाली है यह नवजात
पास ही, सटे हुए कक्ष में पैदा होता है
उसके पोषण के लिये
एक नया प्रजावाद

गिने चुने नये राजपुत्रों के लिये
नित पैदा हो रहे
असंख्य गुलाम बच्चे
एक रानी मक्खी की जीवन गाथा
सुनहरे अक्षरों में गढ़ने के लिये
हर सुबह निकल पड़ती हैं
कुदाल फावड़े लिये
सेवक मक्खियां

सुदूर संचालित किये जाने के लिये
समर्पित हो रहे
देश दर देश

उस विशाल द्वार पर
पटकी जा रही
पगड़ियां ही पगड़ियां
स्वर्ण मुद्रा का इनाम लिये
लौट रहे हैं घर लोग

कौन सा घर
जो गिरवी रखा है
स्वाभिमान के स्टांप पेपर पर
जो उस ऊंची ऐड़ी और
तलवे के बीच की जगह में
जा दुबका है

कौन सा घर
जो चार चार साहूकारों के पास
रेहन रखा है

हमारे यहां ठीक समय पर
चाबी उमेठने कोई न कोई आता है

रोज़ सुबह जगते हैं हम
रोज़ रात सो जाते हैं

दी गई फ़ेहरिस्त के अनुसार
सपनों वाली नींद होती है वह
दी गई निर्देशावली पर
चलते हैं दिन भर

सोचने का फ़र्क़ है यह
अधिकतर समझते हैं
बढ़िया कट रही है
कुछ ही सोचते हैं
यह तो सज़ा है

पता भी न चला
कब सब बदला
इस प्रजातंत्र का
यही तो मज़ा है।

मासूम हम

कोई भी ठग सकता है हमें
बहक सकते हैं हम
किसी की भी बातों से

कोई भी हमारे रत्नों को
कंकड़ पत्थरों में
बदल सकता है

हम किसी को भी दे देंगे
वह बदल देगा हमारे
भाग्य की इबारतें

पूरी क़ीमत चुकाने के बाद भी
हम देनदार बने रहेंगे

इतने मासूम हम
हम चले जाएंगे किसी
बंसी की धुन पर सम्मोहित
और अपने को
फिर कभी नहीं पाएंगे
ढूंढ़ने से भी।

रैली

भीड़ इकट्ठी होती है
उस मंच से उदित होता है
एक नया नायक
एक नई पार्टी के नाम से
नये स्वप्न दिखाता

उनींदी आंखों से
देखते हैं वे थके लोग
कंधों पर टांगे सफ़र की पोटली
सुनते हैं ललकार
जुड़ते हैं जय जयकार में

अचंभे से देखते हैं शहर
शहर एक चक्का जाम की शक्ल में
थम जाता है
देश में आने से पहले
सड़कों पर आ चुकी होती है क्रांति
क्रांति के अनुयायी
कुछ दुकानें लूटते हैं

एक बीमार अस्पताल नहीं पहुंच पाता
कुछ की रेल छूटती है
कुछ की नौकरी

इस तरह एक अज्ञात ठग
रातोंरात प्रसिद्ध हो जाता है
पन्नों पर
और परदों पर

छोटे-छोटे सपने
उससे बड़े
और बड़े
बड़े से बड़े
इस तरह क्रम से
सपने देखने वालों का
पिरामिड खड़ा होता है

शिखर पर खड़ा वह
नया नायक
मूंछ उमेठता
मुदित होता है।

शरारत

गंभीर आदमी की गंभीरता
सहजता है
गंभीर आदमी का मज़ाक़
ज़्यादा मज़ाक़

ज़्यादा मज़ाक़ में
कम मज़ाक़ है
कम मज़ाक़ में
अधिक शरारत
अधिक शरारत में
थोड़ी उदासी

थोड़ी उदासी में मन है
गंभीर आदमी का
मन हंसने को करता है
मुस्करा पाता है
मुस्कान में अट्टहास है
अट्टहास में चुप्पी है

गंभीर आदमी से दुखी है
मन
उसे छोड़ निकल जाता है
टहलने
राह में पड़े ख़ाली डिब्बों को ठोकर मारता है
उछलकर पेड़ की डाल छूता है
सुंदर स्त्रियों को बिना चोरी से
देखता है
पड़ोस के स्कूल में दाख़िला ले लेता है
होमवर्क नहीं करता

दौड़कर आगे निकल आता है
मज़ाक़िया लोगों के टोले तक पहुंच जाता है
जो छोड़ गये थे
पीछे तिरस्कृत
और आगे धूप का पेड़ है
मलाल की ओस जिस पर
चढ़ी हुई बेल की तरह
गिलास भर ओस पीता है
धूप के फल को कुतर कुतर
खाता है
चौंकता है बेड़ियों की आवाज़ से

घड़ी देखता है घबरा कर
इतनी भर शरारत से अघाया मन
दौड़कर लौटता है
खुद-गुलाम अपने आका के पास

वह शरीर सिर झुकाये
बुन रहा स्वेटर
अकेली किसी
गर्भवती स्त्री की तरह।

ऋण मुक्ति

एक छोटा-सा क़स्बा
हूं मैं

अंतिम बार इस
नाम से जान लो मुझे
कल से नये नाम से जाना जाऊंगा मैं

मेरा सौभाग्य परम
जन्मा मेरी ही गोद में
वह लाड़ला सपूत
कुल का राष्ट्र का
सबका नाम रोशन किया उसने
मेरा भी,
(लेकिन जो कि अब बदला जाने वाला है)
अब उसके नाम से जाना जाऊंगा मैं

एक-सी नियति है
हम छोटे क़स्बों की

अपने भीतर समेटे हैं हम
अपने प्राचीन नामों की वजहें
किसी वृक्ष किसी विरासत
किसी हाट बाज़ार से
जुड़े रहे हमारे नाम
और फिर शताब्दियों में कभी
कोई होनहार यहां से निकल
छा जाता है इतिहास के पृष्ठों पर

फलानानगर ढिमकापुर के नये नाम से
जाने जाते हम किसी सुबह से
वैसे ही कल से मैं भी

जानता हूं कल से कुछ भी नहीं बदलेगा
सिवा नाम के

राष्ट्रभक्तों के नाम से बगुलाभगत
विद्वानों के नाम से लंपट
ईमानदारों की आड़ में ठग
दाताओं की ओट में रिश्वतखोर
उसी तरह सरसब्ज़ होते रहेंगे
मेरी छाती पर

अपने नहीं पड़ोसी के घर
क्रांतिकारी जन्मने की
बाट जोहेंगी शताब्दियां

मैं नतमस्तक तैयार हो जाता हूं
क्योंकि मैं छोटा-सा हूं क़स्बा
प्रसन्नचित्त नेता जानते हैं
वोटों की फ़सल काटने के लिये
एक नाम का जब्ह होना ज़रूरी है

वे होशियार हैं
वे जानते हैं
किसी महानगर का नाम क़ुर्बान करने में
बड़ी मुश्किलें होंगी

इसीलिये कल सुबह वे आयेंगे
मेरे कान पकड़
खींच ले जायेंगे
इतिहास के बाड़े में

धप्प से गिरेगा मेरी गर्दन पर
परिवर्तन का धारदार चाकू

राष्ट्रभक्त को मेरे नाम के रक्त से
श्रद्धांजलि अर्पित कर तर्पण करेगा राष्ट्र
तख़्त पर पड़ी होगी मेरी देह
तख्तियां बदल
एक सपूत के ऋण से
मुक्त हो लेगा राष्ट्र।

सौदागर

हमारा ही सामान बेचता है हमें
वह जितना चालाक सौदागर
उतने ही मूढ़ हम ग्राहक

वह एक सिलसिला था
इतना तेज़ कि धीमा लगता था
इतना खुला कि कुछ भी न दिख सकता था
वह ऐसा था बाज़ार लगा
जहां कुछ भी ख़रीदा जा सकता था
कुछ भी बिक सकता था

पर मोल कौन चुका रहा था

पहले हमने अपनी जीभ का
स्वाद बेचा
फिर बेची अच्छे बुरे की पहचान
फिर अपना विस्मय

उस सम्मोहक सौदागर को
पैसे भी हमने चुकाये
उन हुंडियों पर अब भी हमारे
अंगूठे और दस्तख़त छपे हैं

अब भी देनदार हैं हम
अब भी चुका रहे क़िस्तें

अब किधर दौड़ें
किधर करें फ़रियाद

और कुछ ही को पता चला है हम में से
कि हम ही लुटे हैं
हमारी अस्मत ली जा चुकी है

कौन दौड़ता है
कौन करता है फ़रियाद

लोकतंत्र के छोटे थानों
और बड़े मुख्यालय पर
सब उनके थानेदार और मुंसिफ़ बैठे हैं

हम सब उनींदे लेटे हैं
यह मीठा नशा है
लंबी नींदें

इतने कोलाहल में भी
कोई नहीं जगा है

फटी गुदड़ी पर अधनंगे लेटे हैं
पर सिर के नीचे
मखमल का तकिया लगा है।

एक और दिवाली

फोड़ो और बम
जलाओ फुलझड़ियां

पहले अनार जलाओ
सियाचिन पठानकोट और उरी के शहीदों के नाम
फिर फोड़ो एक बम बड़ा
उन बच्चों बूढ़ों और
औरतों के नाम
जिनके लिए धर्म मृत्यु के भय
का दूसरा रूप बन गया

एक फुलझड़ी सुलगाओ
जम्मू कश्मीर असम पंजाब गुजरात
या जल्दी में जो भी याद आए
उस जगह के किसी निर्दोष के नाम
जिसे किसी जुनून ने पटाखा समझ
सुलगा दिया

एक चरखी को चिंगारी दिखाओ
और उनका नाम लो
जो शाम की रोटी के लिए
अपना कुछ भी दे देंगे
जिनके हिस्से का ग्रास
हमारे देखते देखते
हड़पते जा रहे हैं वे ही लोग
जिन्हें उसकी रक्षा के लिए
नियुक्त किया गया था

उनकी हड़प और
हमारे देखने और चुप रहने के लिए
एक मेहताब जलाओ

मनाओ ख़ुशियां

जिसे प्रतीकात्मक रूप में भी कर सकते थे
उस काम को जब कर चुको
सारे अतिरेक से उल्लास, धन और
मस्ती के साथ

ख़त्म हो जाएं जब सब पटाखे
और थक कर बैठ जाओ
उठो, इकट्ठा करो
अपनी मर चुकी संवेदना, विस्मय
और क्षीण हो चुकी स्मृतियों का कचरा
और अपनी थूक को केरोसीन समझ
छिड़को उस पर
आग लगा दो

उस अग्नि का महाप्रकाश
देखो, उछलो
नाचो उसके इर्दगिर्द
पीट पीट कर ताली

आओ मेरे साथ मनाओ
एक और दिवाली।

कौन हैं वे

अब तक तो यही पता है
यहीं पर है जीवन
इस पृथ्वी नामक ग्रह पर

इसी से बना यह तथ्य
कि मृत्यु भी यहीं है
इस पृथ्वी पर

भूकंप तूफ़ान बवंडर बिजली भूस्खलन के आंकड़े
चंद्र बुध गंगल शनि या
अन्य किसी ग्रह के संदर्भ में भी होंगे
वैज्ञानिकों के पास
मृत्यु के नहीं

क्योंकि मृत्यु के आंकड़ों के लिए
पहले जीवन का होना बहुत ज़रूरी है

पहले ज़रूरी हैं
जन्म की ख़ुशी के गीत
खेती किसानी उड़ावनी के गीत

प्रेम और उल्लास के गीत
मोह के और
एक दूसरे के प्रति राग के गीत
जैसे ज़रूरी हैं
विछोह की कसक के लिए

हममें से जितने लोग
जानते हैं जीवन के बारे में
दुखी होते हैं
सौ हज़ार लाख या केवल एक मृत्यु में

उन लोगों के अतिरिक्त
जो जानते हैं केवल
मृत्यु के बारे में

जिन के पास मृत्यु के अट्टहास हैं
भय की फ़सल के बीज हैं
घृणा की शोकांतिकाएं हैं

पृथ्वी के बारे में जानते हैं
भूखंडों की क़ीमत जानते हैं
मृत्यु के थोक बाज़ार की
नब्ज़
अच्छी तरह पहचानते हैं
कैसे मृत्यु विशेषज्ञ
बन गए ये लोग
जीवन के बारे में जाने बग़ैर

कौन हैं वे लोग
कहां के
क्या सचमुच इसी ग्रह के?

रानी कमलापति

उसका महल नहीं
महल जैसा

शायद वह भी न लगती हो
रानी जैसी -
रानी कमलापति

उसका कोई चित्र भी
उपलब्ध नहीं

ज़रूर होता
अगर नूरजहां जैसी
वह भी गुलाब की दीवानी होती

या झांसी की रानी जैसे
उसने भी
पीठ पर बांध
बच्चे को

कोई युद्ध लड़ा होता
या रज़िया सुल्तान की तरह
दीवानावार प्रेम में
पड़ी होती

कुछ न कुछ
किया होता जो उसने अजब
इतिहासकार
बनवा चुके होते उसका
चित्र
उसकी ख़ासियतों के आधार पर

कौन थे वे गोंड
जिनकी रानी थी वह

शहर भर में मुझे दिखते हैं
भांति भांति के लोग
जो यहां से या वहां से
आ बसे हैं
जिनमें मैं भी

ढूंढ़ते ढूंढ़ते अंततः
भिखारियों से बात करता हूं
उनकी भाषा में टटोलता हूं
शायद वे स्थानीय हों

मगर वे भी मुझ जैसे

कौन थी वह रानी
नाम भी उसका न लगा मुझे
किसी स्त्री जैसा -
कमलापति
पर थी वह औरत ही
और शायद बिलकुल मामूली
आज की औरत जैसी

जिसकी ख़बर कल ही किसी
अख़बार में पढ़ी थी

कि उसकी भी लाश
छोटे ताल के
तल में पड़ी थी।

अभी अभी

उस बक्से में देखा अभी
एक हत्या होते हुए
देखा धू धू जलता हुआ
एक मकान
जिसके भीतर
प्रेम लाड़ दुलार सत्संग
और मन और देह के
न जाने कितने
रूपक रचे गये होंगे

ख़ाक होते हुए खिलौने
किताबें तसवीरें ख़त
जिनकी कोई प्रतिकृति
किसी के पास नहीं होगी
जिन्हें कोई बीमा कंपनी
या सरकार
मुआवज़े से नहीं भर सकेगी

इसके बाद नहीं सिहरेगा कोई
ऐसा दृश्य देखकर
जैसे अब नहीं कांपता जी
रेल दुर्घटना दंगे विस्फोट में
लोथड़ा हुई लाशों
की तसवीरें देखकर

अभी देखा
नारी को पहली बार
इतनी कुटिल
संतानों को इतना कृतघ्न
संबंधों को देखा
औद्योगिक उत्पाद की तरह
लादे उतारे जाते

ऐसे दृश्य जब
हाथ पकड़ कर बिठा लेते हैं
शून्य मस्तिष्क लिये
आप घंटों बैठे रहते हैं

रुक जाते हैं न जाने कितने
सलोने शब्द

प्रेम कविता बनने से
ग़ज़ल रूठ जाती है
सत्यकथाओं के भार से
कथाएं दब जाती हैं

अभी अभी
एक रचना की
भ्रूण हत्या हुई

आपको पता भी
न लगा।

गालियां

उसने अभिव्यक्त किया
अपना क्रोध
गाली देकर

उसने गालियां देकर
जता दिया अपनापन
और अधिकार

उन गालियों में
जीवन के सबसे
महत्त्वपूर्ण संबंधों
और अंगों को पिरोकर
भाषा का सबसे आदिम रूप
एकदम तीव्र और मुखर होकर
सम्मुख था
उनमें फेंटी गई थी
अंतस की दही
तिरस्कार की मिर्च

प्रेम का नमक
निकटता की दाल

फेंट कर दिया गया उसे
पर गोया वह
दहीबड़ा था
या कोई मिठाई
जिसमें
अलबेली चाशनी थी
जो लिपट जाती थी
सुनने वाले के तनमन से
भीतर तक घुसती हुई

उनमें है मानव के विकास
का इतिहास

एक एकाकी मानव के
जंगलीपन से
उसके सुसंस्कृत और सामाजिक
हो जाने का विवरण

और सुसंस्कृति की हद यह
एक आदमी
सभ्यता के इस छोर पर
कमरा बंद कर
अकेले में गालियां देकर
निकाल लेता है
अपनी भड़ास।

नींद 1

सबको आती है
मुझे भी आती है नींद
मगर इस तरह इस सभागार में

ये शर्मिंदगी देती है मुझे

यह दैहिक परिवर्तन है
या मानसिक
क्यों बांध नहीं पा रहा हूं
खुद को मंच से

विद्वान भाषण दे रहे हैं
या कलाकार संगीत की स्वर लहरियां
बिखेर रहे हैं
क्यों मुझ तक आकर लौट जा रही हैं
ये तरंगें
नींद के देवता के विषैले बाण
टकराते हैं शरीर से
और मैं नशे में गाफिल हो जाता हूं
अभिनय करता हूं

जागते रहने का
दो पल दिखाता हूं
मुंडी हिलाते हुए सहमति में
या वाह में सजग दिखता हूं

एक प्रदर्शन मंच से
एक इधर मेरी ओर से
मैं कैसे बताऊं
यह अवज्ञा नहीं किसी प्रतिभा की

एक विशाल सेना है
दिन भर के परिश्रम
और चिंताओं उलझनों
और जय पराजयों
के शस्त्रों से सज्ज

जो मुझे
रह रह कर अचेत किये दे रही है

क्षमा करना कलाकार
मैं सो नहीं रहा
लड़ रहा हूं।

नींद 2

ओ सखी नींद
इस तरह मुझसे मिलना लिपटना तुम्हारा
सार्वजनिक

ठीक नहीं
यह काम एकांत में ही
अनुमत है

रात बिस्तर पर
एकाकार हो जाना हमारा
गहरे लीन हो जाना
एक दूसरे में
प्रगाढ़ सुख देता है

एक साथ रात
सोना
या जागना
प्रायः इसका अर्थ एक ही होता है

सखी नींद
ठीक तो यही है
रात भर अभिसार के बाद
सुबह होते ही
मेरा करवट बदल कर
विमुख हो जाना
दिनचर्या में
तुम्हारा चले जाना दूर

पर सखी यह क्या

रात को तुम्हारा
देर तक विमुख रहना
देर रात साथ टूटना
असमय आ लिपटना

विवाह नामक संस्था
का तिरस्कार है सखी

दिन में तुम्हारा यूं मुझपर
छाना
व्यभिचार है सखी।

भाषा 1

ठीक उस समय हम अपनी भाषा में बोलने लगते हैं
जिसे मातृभाषा कहते हैं
जब किसी तीसरे से कुछ गोपनीय रखना हो
या किसी से अपनी मनवाना हो
भाषा का तुरुप की तरह इस्तेमाल करते हैं
जैसे मक्खन काटने के लिये छुरी का

हम में से अधिकांश
किसी अन्य भाषा के क्षेत्र में रहते हैं
हमारे भीतर मूल भाषा गहरे खदकती रहती है
बच्चे हमारे स्थानीय बोली में निष्णात
तब हम कभी उनसे भी कुछ छिपाने के लिये
उसी बरतन में से वे शब्द निकालते हैं
हम पति पत्नी
हम माता पिता
स्वयं को धोखा देते हुए
ये समझते हैं कि बच्चे समझ नहीं रहे
और धोखा देने में हम सफल हैं

बच्चे दूध चूसने के साथ ही
समझ चुके होते हैं वह बोली
वे वहां आत्मसमर्पण करते हैं
अर्थ जानते हुए भी उन्हें न समझने का
अभिनय करना होता है
उन्हें भी पता चल चुका है
भाषा एक हथियार हो सकती है

कभी इस्तेमाल करते हुए
कभी सजावट के लिये
दीवार पर टंगी
तलवार की तरह
मात्र आश्वस्ति देती हुई।

भाषा 2

यह हमारी भाषा का घर है
इसमें यह रसोई
यह बैठक यह सोने का कमरा
यह बच्चों का यह मेहमानों का
यह स्नानागार, शौचालय
यह बगीचा यह दालान, आंगन
यह झरोखा

अरे घर क्या यह तो महल है

कुछ ही लोगों को नसीब है
इतना बड़ा घर
अधिक के पास छोटा-सा घर
उतने-से ही में सोना बिछाना खाना सब
कुछ को वह भी नहीं
खुला आसमान

भाषा में रहना
जीवन में रहना है
कुटिया हो या महल
या खुला आसमान
कट ही जाती है
जित्ता बड़ा हो घर
उत्ती चिंतायें

भाषा का घर ऐसा घर है
और बड़े की चाह बढ़ती चली आती है
सजावट की फ़िक्र
संवारने की चिंता
पीछा नहीं छोड़ती

ऐसे में चलो चलें
मौन के मोक्ष में
खुले आसमान के नीचे

हम वहीं रहेंगे।

भाषा 3

मंच से बोलते हुए उसकी भाषा भी अन्यों की तरह ही थी
बहुत बहुत शुभकामनायें
हार्दिक हार्दिक स्वागत
अत्यंत आदर के साथ
ढेर सारी बधाइयां
परम आदरणीय
एवं इत्यादि

अन्यों की ही तरह
भाषा और व्याकरण की परवाह किये बिना
परम्परा का निर्वाह कर रहा था वह
अतिरिक्त विनयी होने और भावों को वज़न देने के लिये
सब इस तरह ही करते हैं

जो सुन रहे थे वे भी कम नहीं थे
उन्हें पता था यह करना पड़ता है
वे भी यही करते हैं
हमारे भीतर कुछ कम है

या हमारी नीयत पर हमें ही संदेह है
मन के भीतर से कुछ कम निकल कर आता है

इसलिये यह सब करना पड़ता है
कहीं पकड़े न जायें
अभिव्यक्ति में औपचारिक हों पर पता न लगे आत्मीयता में
दोस्तों, भाषा में नुक्स न निकालना
कुछ मनचाहा ख़रीदने के लिये

अपव्यय तो करना पड़ता है।

भाषा 4

एक मछली की जीवन शैली का
बेहद रोचक फ़लसफ़ा था वह
बताया जा रहा था
वह खारे पानी में रहती है
प्रेम करने और बच्चे जनने के लिये
अलोने जल में चली जाती है
ठीक उस संगम से होती हुई
जहां नदी समुद्र में विलीन होती है

उस विशाल समुद्र के किसी छोर पर रहे वह
उसे पता है
निरंतर प्रवाहमान में ही हो सकता है प्रेम
बहते हुए में ही जन्म दिया जा सकता है
अपने-से को

आपकी तरह मैं भी कम ही जानता हूं
शायद ऐसी भी प्रजाति हो मछली की
जो ठीक इसके उलट करती हो

ऐसी प्रजातियों को तो हम जानते ही हैं
जो इस तरह कुछ भी नहीं करतीं

और हम स्वयं
हम भाषा के एक विशाल समुद्र में रहते हैं
प्रेम में कुंठा में घृणा में पीड़ा में
प्रसवानुभवों में
छोटी नदी के प्रवाह में चले जाने के लिये छटपटाते हैं

कभी हम हाथ पैरों को जकड़ से छुड़ा नहीं पाते
तब हम मात्र थूथन बाहर निकाल
गहरी सांस खींचते हैं
आसमान देखते हैं

फिर गहरे जल में खींच लिये जाते हैं।

भाषा 5

यह भाषा का अंतर है या अंतर की भाषा है
मैं पूछता हूं अपने से यह भाषा का अंतस है
या अंतस की भाषा है

जो खौल रहा भीतर भीतर
खदबदा रहा गहरे गहरे
सहसा जो कोख के भीतर से
ले लेता जन्म
क्रोध

गहरे सही गई पीड़ा के संग
यह पिछले अनुभव के नाक नक़्श
इस नन्हे मुन्ने के ऊपर
यह भीतर का विकसित भास
यह भास का गुप्त विकास
यह युतियों का कई युतियों से मेल बना
कुछ मेलों का कई मेलों से खेल बना
अभी नापता हूं अपने से और पूछता हूं

बाद चुप्पियों के कितनी यह टूटा
यह मौन किस तरह साहस का संदेश बना

पांच उंगुलियों से अपनी भाषा में जड़ा गया
तभी बना वह था मुक्का
वहां पंच जो दे मारा
उस घूंसे से पहलवान हक्का बक्का
पार समंदर आया कैसे
कौन बोट थी वह या पोत
बाबा आदम और दादी ईव
प्रथम आदमी थे जो भटके
प्रथम ग्रास था हरी घास पर
रति दादी की क्रीड़ा की
रखी गई थी पहली नींव

मैं पुनः पूछता हूं अपने से
कल पूनम थी महा शरद की
इसलिये उठा था, वह था जो ज्वार
उस शीतल में चरम गरम
क्यों उठ आया महा गुबार

अनुभव अनुभव के संसर्गों से
चलती बनी आई भाषा
निजी नितांत अपने अनुभव से
निकल आई बाहर भाषा

प्रकट गुप्त वह सार्वजनिक
जो कभी बीता था अपने साथ
कविता बन वह पीड़ा साकार
कवि बांटता सबके साथ

मैं पूछ लेता हूं अपने से
और यूं सबसे ही
होता होगा सबके संग
या खेल यह होता है
मात्र मुए कवियों के संग?

उस दिन

हमारे पास अपने दुखों को कविता में लिखने के लिये
काग़ज़ नहीं था

अपनी टीसों को दीवार पर ही लिख देते
क़लम नहीं थी

हम हलक में थूक गटकते
तो दर्द किसी स्वाद-सा उतर आता ज़बान पर

हमारी नींदें
साइकिल की चेन की तरह
बार बार उतर जाया करती थीं
हम उतर कर उसे चढ़ाते
घाटी पर पैडल मारते
सुबह के पहाड़ की चोटी को ताकते रहते
फिर हमने दिनों के तलघर से
सुख के अचार की बरनियां निकालीं
जो मां ने जतन से पल छिन की अलमारियों में

रख दी थीं
हमारे नथुनों में नींबू की खट्टी गंध भर गई
हमने तभी पिताजी के जूठे
पान की गिलौरी से
एक नोक भर कुतर ली

हम उस दिन इतने छोटे हुए
सुख हमारे इतने विशाल
उस दिन हमने अपना बनाया छत्ता तोड़ा
उसमें से हम बह निकले
उस दिन हमने अपना ही कारागार तोड़ा
उस दिन हमने अपना ही मीठापन चखा

उस दिन हमने अपने को
बहुत याद किया।।

लाइफ़टाइम अचीवमेंट अवार्ड

उस चकाचौंध भरे कार्यक्रम में
कइयों को आंख की कोर पोंछते देखना
मार्मिक था

मंच पर पुरस्कार लेतों
को देख
द्रवित हो रहे थे
उनके अपने

रिश्तों की ऊष्मा
और प्रगाढ़ता
सफलतम वर्ग में भी
उपस्थित दिखती है

एक बेटे की सफलता पर
उसकी दूसरी मां और पिता
हर्ष से तालियां पीट रहे हैं

खचाखच भरे सभागार में
यकायक मैं
अनुपस्थित को देखता हूं
मैं अनुपस्थित जननी को ढूंढ़ता हूं
पिता की इस पत्नी को नहीं
बेटे की जनक मां को
वह कहां है?

कहीं एकांत में तनावग्रस्त
या घर में इस कार्यक्रम का
प्रसारण देखती हुई
क्या सोचती होगी

वह बेटा
सोचता है या नहीं
उस दूध के बारे में
या बचपन से कैशोर्य तक के
वे लाड़ भरे चुंबन भूल चुका है
मैं उस अभिनेत्री को देखता हूं
जो अपने पति को
ठीक खींच लाई थी
उस दूजी के लबे बाम से

उसे बड़े सम्मान से
पूछते देखा था एक बार
मर्द हीरो के बारे में
उसकी दूसरी पत्नी से

फिर
अनुपस्थित को सोचता हूं
कौन सा अंधकार खा जाता है
उस प्रकाश को

कोई कैमरा वहां नहीं पहुंचता
कोई तालियां नहीं
कोई कृतज्ञता नहीं
ज्ञापित होती

जीवन का सृजन
जिसके बिना संभव ही नहीं था

सफलता का अर्जन
उसकी देह पर खड़ी इमारत तो था
मगर वह स्वयं कहां थी

न समय न जीवन

न पुरस्कार

इस उपेक्षित अतीत के लिये

कौन-सा

लाइफ़टाइम अचीवमेंट अवार्ड?

हिटलर मार्ग

हर शहर में है

एक महात्मा गांधी मार्ग
एकाध महाविद्यालय, भवन
न्यास, इसी नाम से

पुरानी हो चुकी यह बात

सरहदी गांधी, अफ्रिकन गांधी
भी हम जानते हैं
हुए
पर गिने चुने ही तो हुए
गांधीनुमा लोग

कुछ जो खादी पहनने
या सादगी भरे जीवन से
या व्यसनों से दूर रह कर
या सत्य के

यथासंभव पालन से
गांधीवादी कहलाये
पहले धीरे धीरे और अब तेज़ी से
अप्रासंगिक हो लुप्तप्राय

पर हर कहीं बिखरे पड़े हैं
हिटलर
मूंछ या पहनावे से नहीं
आचरण से

हमारे मोहल्ले में भी रहे एक दो
शहर में इस तरह कई
अरे, घर में भी तो कहते हैं
वह हमारे घर का
हिटलर है

इधर देखिये
हिटलर के नाम पर एक भी
मार्ग नहीं न भवन
न न्यास कोई

अभी एक मित्र ने की
भविष्यवाणी
देखना एक न एक दिन
इस बनिया धर्म
और उस बड़े धर्म के लोगों
में होगा महायुद्ध

इस तरह भविष्य के हिटलर
भी तैयारी में
और इस बार
हिटलर अधिक होंगे
मारे गयों से

जब मन में तैयार हो रही फ़सल
महानायकों की

ज़रूरत क्या
हिटलर मार्ग की?

मां से

मां मैं साइकिल चलाना सीख गया हूं
कहते कहते
फिर कितना कुछ सीखा मैंने

हर दुर्गम पथ पर
चल लेता
मंज़िल पाना सीख गया हूं

अब देख झूठ और
छल का बल
फिसलन होती है

पर बच जाना मैं
सीख गया हूं

इस बचने के क्रम में
अब डरता हूं मैं

पिता नहीं तो अब तू ही मां
पीछे चलना देना साहस
कहना मुझसे जब झिझकूं -
राह मेरी ही सही राह है
मेरी साइकिल की चेन न उलझे
न होऊं हताश
अब शेष समय में न भटकूं।

आशा के फूल

और स्थापित हो ही गया
वह भाप इंजन प्रदर्शनार्थ
तालाब के ठीक किनारे
मेरे विरोध के बावजूद

भोथरे लगे उन्हें मेरे तर्क
कि नहीं दिखेगा इसकी वजह से
तालाब का मनोहारी दृश्य
औघड़ संत की मज़ार
तालाब का अपना क्षितिज यहां से

मूर्ख है यह कवि
कहीं और से भी तो देख सकता है
यह सब
वैसे तो वे भी यह कर सकते थे
इतने बड़े शहर में
कहीं और रख देते
तकनीकी उपलब्धि की इस स्मृति को

मगर वे कवि नहीं
न मेरी तरह मूर्ख

वे आधुनिक हैं
और नित नई प्रगति रच सकते हैं
बगीचे उजाड़ कर मार्ग चौड़े कर सकते हैं
सड़क के बीचोबीच रोटरियां
कभी चौड़ी कभी संकरी कर
नित नये प्रयोग कर सकते हैं

यह सब वे जनता के लिये
कर रहे हैं

अब यहां भीड़ जुटेगी
रोज़गार के और अवसर
खाने पीने की चीज़ों का
फैलता कारोबार

सुबह सैर पर दिखेंगे
और अधिक जूठन, प्लेटें, पाउच
ख़ाली बोतलें, पान की पीकें
सिगरेटों और भुट्टों के ठूंठ, पॉलीथिन
तादाद में और कम होते

और अधिक सहमे हुए पंछी
विकसित होता पर्यटन

एक स्थूल उपहार देकर
अपनी ही पीठ थपथपाते
राजनीतिज्ञ

खुमार में डूबी जनता
शामिल होगी इस भीड़ में
कवि की मूर्खता में शामिल
इक्के दुक्के ही

एक दिन चौराहे की रोटरी फिर तोड़कर
छोटी की जायेगी
मूर्ख बातों को समझ के पेड़ पर
फल बनने में समय तो लगता ही है

ओ मेरी आशा के फूलों
खिलना ज़रूर
हमेशा की तरह दोबारा टेंडर
से ही सही।

सपना

सहमा देने वाला
सपना था वह
मित्र की मृत्यु का

कभी किन्हीं क्षणों में
उसने कहा था मुझसे
मेरी आंखें किडनी
जो भी अंग काम आ सके
और हो सके तो पूरा शरीर
दान कर देना मेरी ओर से
मेरी मृत्यु उपरांत
और यह ज़िम्मा तुम्हारा है
मेरे दोस्त

आज सपने में यह घटा
कि उसके मरने की ख़बर आई
और उसके अधिक निकटस्थ मित्र
मुझसे पूछते हैं

कुछ लिखा हुआ है क्या तुम्हारे पास
या किसी फ़ारम वारम पे उसके दस्तख़त

कुछ नहीं है मेरे पास
और कौन सोच सकता है
किसी भी अपने के बारे में कि
असमय अचानक ही चला जायेगा वह

न उसने सोचा होगा
हालांकि कुछ ही दिन हुए
अपने एक पड़ोसी मित्र की
असमय औचक मृत्यु पर भावुक होते हुए
वह कह गया था...

अपना भी क्या भरोसा

सपनों का विज्ञान कितनी कुशलता से जोड़ता है
वर्षों के अंतराल में घटी
या कही गई बातों को आपस में
और हमारी नींद में
नाटकीय ढंग से प्रस्तुत करता है
जीवन के अरबों खरबों पलों को

कैसे संपादित करते हैं सपने
कई बार तो हम
उन्हें संदर्भ से न जोड़ पाते हुए
स्वयं को ही बावरा मान लेते हैं

दोस्त को फ़ोन करता हूं
वह शहर से बाहर है
और सकुशल

सपने पर पुनः सोचता हूं
फिर अपने से पूछता हूं
क्या इस बात की ही तरह
और भी बहुत-सी बातें
लिखित में होनी चाहिये
और हस्ताक्षरित
हमारे पास

और क्या सचमुच समय आ गया है
कि दूसरों के पास भी हो
अपना लिखा और हस्ताक्षरित।

गुम होना

मेरे पासवर्ड गुम हो गये हैं

ढूंढ़ो ढूंढ़ो
मेरे ट्विटर के पासवर्ड
ब्लॉग के, ई-मेल, फ़ेसबुक
बैंक खातों, रेल आरक्षण के

अब कैसे प्रवेश करूंगा
उन तिलिस्मों, फंतासियों में
जो पहले असल हुआ करते थे
अब होते हुए भी कपूर की तरह उड़नशील लगते हैं

रात हड़बड़ा कर उठता हूं
कहां हैं दोस्तों के पते
कहां उन कौड़ियों के अनमोल ख़ज़ाने
कहां छोटी छोटी चीज़ों के लिये
झगड़ते थे हम भाई
उनका आरक्षण कर लेते थे

होड़ में

अब ये कैसा खुल जा सिमसिम है

जो एक हिज्जा ग़लत हो जाने पर

काम नहीं करता

ये कैसे कूट संदेश हैं

जो पढ़े नहीं जा सकते

इतनी सारी चाबियां गुम हो जाने के बाद

जब इस दुख से बाहर आने को होता हूं

सहसा पाता हूं

मैं तो स्वयं ही खो दिया गया हूं

बहुत सारे दोस्तों द्वारा

बहुत से लोगों और कई अनमोल चीज़ों ने मुझे गंवा दिया है

जब उनके चेहरों पर

इस क्षति का कोई दुख नहीं देखता

मेरे दुख का पारावार नहीं रहता

क्यों मुझे ढूंढ़ता नहीं आता कोई?

हीनसंख्यक

जब हम दो लोग साथ में
सुबह की सैर पर थे
हम हिंदी में बात कर रहे थे
तीसरा आ जुड़ता है तब भी
बीच बीच में मगर
वे कुछ अनायास ही बात कर जाते थे
उन दोनों की भाषा में जो
एक ही थी

फिर रांभल कर
लौटते थे मेरी ओर

एक और का आना
फिर एक और का
इस तरह छह सात लोग
जब मुझ से इतर
एक ही भाषा के हो जाते
अनुपात और विपरीत हो जाता

प्रायः पूर्णतः ही
मेरे साथ ग़लत हो रहा है
या मैं ही ग़लत हूं
अपनी उपस्थिति से
उनकी सहजता को खंडित करता हुआ

चुपचाप बहाना बना
वहां से खिसकता हुआ
अकेला टहलता
अपने से बात करता हूं

संप्रदाय धर्म से नहीं भाषा से भी होता है
एक भाषा या धर्म के
व्यक्ति का संख्या में कम होना
दरअसल में अल्पसंख्यक नहीं
हीनसंख्यक होना है
मन में अपराध भाव होने से
अपराधी संख्यक होना होता है

अपने भीतर पनपी हीन ग्रंथि
मेरी अदालत में मुझे ही
सांप्रदायिक करार देती है

बहुसंख्यक या दीर्घसंख्यक
या न्यायसंख्यक लोग
परस्पर बातचीत में
इतने व्यस्त

मेरा चुपचाप हट जाना
उन्हें कोई संकेत नहीं दे पाता

मैं ही सोचता हूं
कितना अच्छा किया मैंने
उन्हें दुविधा से दूर कर

हिंदी में सोचता हूं।

प्राण

मेरी ज़िद में बसे हैं
मेरे प्राण

पता नहीं क्यों
बहुवचन में
ये प्राण

क्या बहुत सारे होते
हरेक के
या सम्मान भावना से
कहा जाता
प्राण निकल गये
प्राण बचे हैं
वगैरह

पर मुझ से कहीं दूर
किसी पेड़ पर हैं वे
शायद किसी उड़ान में

सुरक्षित रहें
कोई मरोड़ न दे गर्दन

प्रभु
मेरी ज़िदों की रक्षा करना।

अख़बार आजकल

कुछ से पहले कुछ और
करता हूं आजकल

जैसे अख़बार
में ख़बर से पहले
पढ़ना पड़ता है
विज्ञापन वाला पृष्ठ

सुबह ईश वंदना से पहले
मोबाइल फ़ोन पर होते हैं
दोनों हाथ
बच्चों की फ़िक्र से पहले

इस तरह कितनी ही
प्राथमिकताओं में
हुआ परिवर्तन
पैर की बेड़ी बन चुका है
नई बाध्यतायें

जकड़ चुकी हैं हाथ
अख़बार में पहले देखना
होता है
हमें क्या ख़रीदना चाहिये आज
अख़बार बताते हैं
ख़रीदी के शुभ दिन

नींद में भी
किसी न किसी होड़ में होता हूं
झूठ मत बोलियेगा
आप भी
किसी उमंग से नहीं
नई ऊब से शुरू करते हैं दिन

मुझे पता है
आख़िर
आप भी तो वे ही सारे

अख़बार पढ़ते हैं।

मैं भाषाओं के लिये और जीना चाहता हूं

मैं जिस भाषा में जीता हूं
वह क्षेत्र की भाषा है
मातृभाषा से इतर
स्थान की बोली
जहां मैं जन्मा और पला बढ़ा

मैं इसी में सोचता हूं
बतियाता हूं
लिखता हूं
और सुना और
पढ़ा जाता हूं

पर मैं ही जानता हूं
भीतर भीतर
भूल भुलैया में भटकता आनंदित होता हूं
कितनी अन्य भाषाओं के उच्चारण सुन सुन

रसोई से उठती सुगंध की तरह
छाती हैं मुझ पर वे
कभी कढ़ी के स्वाद जैसी
कभी भटूरों पर उपसी सतह की तरह

या रसगुल्लों में पगे रस जैसी
उत्तपम में काढ़े गये प्याज मिर्च
धनिये के बूटों जैसी

ये भाषायें बावरा करती हैं
मैं इनका क्यों न हुआ
या मेरी क्यों नहीं हैं वे

एक अधूरा मैं
कभी इत्थे उत्थे
कभी इंगे वा या इकड़े तिकड़े कहता हूं
कभी भालोबाशी
स्वयं में

कैशोर्य की सहपाठिनों के
चेहरों की याद की तरह
भाषाओं के सम्मोहन में खोता हूं

कभी बर्लिन कभी पेरिस पहुंच
उनकी भाषा में धाराप्रवाह बोलना चाहता हूं

पांच छह भाषाओं बोलियों
के कुछ कुछ ज्ञान के
अपने अधूरेपन को
पूरा करने के लिये
अभी और जीना चाहता हूं

मैं दुनिया की सारी भाषाओं के
सरोवरों में
जी भर डूबना तैरना चाहता हूं

मैं इसी जन्म में
उन्हें सीखना चाहता हूं।

लेखक की अन्य कृतियाँ...

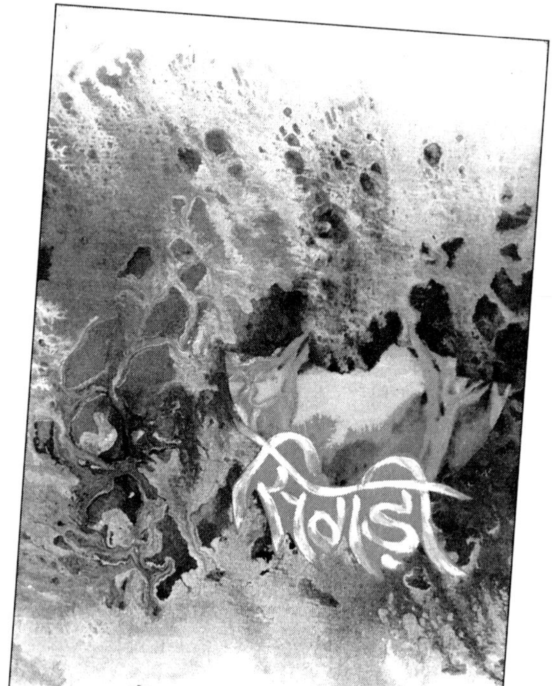
सुधीर मोता

यह
राग
कठिन
सुधीर मोता

उसका कैंसर
मेरा कैंसर
सुधीर मोता

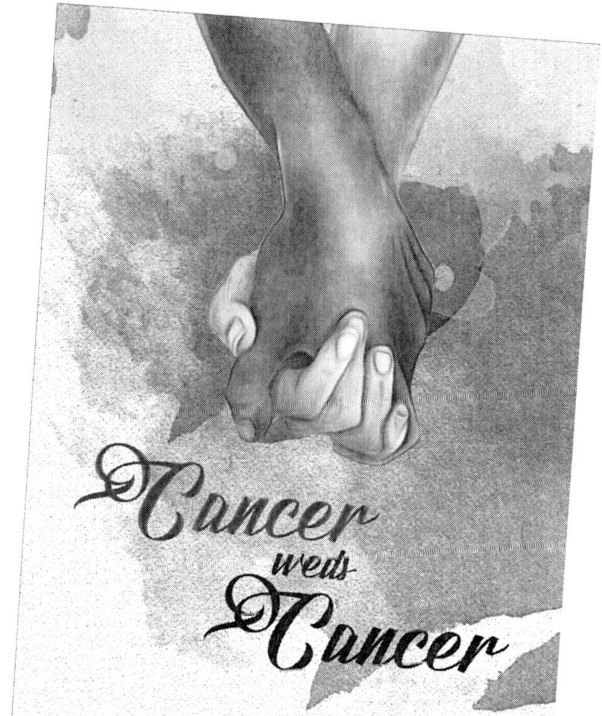
Cancer
weds
Cancer
SUDHIR MOTA